KB145943

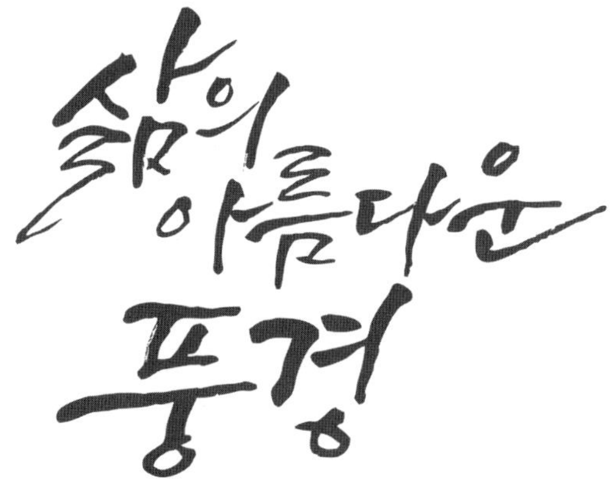

전선희 제2시집

QR코드 스마트폰으로 QR 코드를 스캔하면 시낭송을 감상할 수 있습니다

제목 : 삶의 아름다운 풍경
시낭송 : 김지원

제목 : 푸른 정열
시낭송 : 박영애

제목 : 가을 단상
시낭송 : 전선희

제목 : 화양연화
시낭송 : 전선희

제목 : 나를 찾아서
시낭송 : 전선희

제목 : 나에게 말합니다
시낭송 : 박영애

제목 : 어느 가을의 노래
시낭송 : 전선희

제목 : 바람 같은 인생
시낭송 : 박영애

제목 : 가끔은
시낭송 : 박영애

제목 : 사랑인가 봅니다
시낭송 : 이봉우

제목 : 당신이 그립습니다
시낭송 : 전선희

제목 : 그대에게 드리는 사랑
시낭송 : 전선희

제목 : 하나 되는 사랑
시낭송 : 전선희

제목 : 인생 여행길에서 너를 만나다
시낭송 : 박영애

제목 : 오늘을 사랑한다
시낭송 : 전선희

제목 : 빛나는 네 개의 별
시낭송 : 전선희

제목 : 희망풍경
시낭송 : 박영애

제목 : 기억에 남을 봄 안부
시낭송 : 전선희

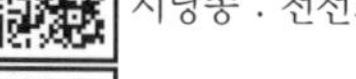

제목 : 속삭임
시낭송 : 이봉우

제목 : 바람이 되어
시낭송 : 박영애

제목 : 나는 희망한다
시낭송 : 전선희

제목 : 금잔화 여인
시낭송 : 박영애

제목 : 갈림길
시낭송 : 전선희

제목 : 좋은 사람
시낭송 : 전선희

제목 : 어머니의 길
시낭송 : 박영애

제목 : 너를 위하여
시낭송 : 박영애

제목 : 어디에 계시나요
시낭송 : 전선희

시인은 자연을 이야기하고
시낭송가는 자연을 품었다
글자는 날개를 달아 언어로 날고
소리는 자연에 눕는다

시인의 말

이 세상을 살아가는 동안
수없이 많은 날들 속에서
내 삶의 이야기를 글로 쓸 때
행복함을 느낍니다

글이 좋아 벗으로 삼다 보니
지나온 삶의 순간순간들을
마음에서 피어나는 생각들로
예쁜 꽃을 피웁니다

희망과 꿈을 이루게 하고
소중한 추억을 선물해주는
시인의 삶을 사랑합니다

일상에서 느끼는
소소한 감성을 글로 표현하고
누군가의 가슴에 따뜻한 위안이 되었으면 하는 마음으로
하루를 수놓습니다

글을 쓰면서 내 삶을 돌아보고
낭송을 하면서 세상과 호흡하는
진정
내 삶의 아름다운 풍경들입니다

시인 전선희

* 목차 *

1부

2부

* 목차 *

3부

1부

삶의 아름다운 풍경

아침 햇살이 초록 바람을 타고
은은하고 소박한 들꽃 향을 전해주는
나의 하루가 향기롭다

가진 게 없어도
따스하고 포근한 햇살 같은 마음이
작은 여유와 소소한 행복으로 가슴에 안긴다

삶의 순간순간 감사한 마음은
행복의 밑거름이 되어
선물처럼 사랑과 평화가 찾아온다

기쁨도 고통도 즐겼던 인고의 삶은
세월이 흐를수록 더욱더 빛이 나고
진솔했던 삶의 풍경들은 정겹기만 하다

살다가 살아가다가
때가 되어 가을빛으로 물들지라도
내 생에 아름다운 날들이다

제목 : 삶의 아름다운 풍경
시낭송 : 김지원
스마트폰으로 QR 코드를 스캔하면
시낭송을 감상할 수 있습니다

오늘을 사랑한다

아침햇살이
눈부시게 찬란한 하루
바람의 길을 따라 걷는다

마음이 이끄는 대로
사색의 길 어디쯤에서
조용히 나를 만난다

멋진 인생길
행복의 언덕 위에 서서
가장 의미 있는 오늘을 그려낸다

지금 이 순간 모든 날 모든 순간
가슴 벅찬 열정으로
영혼을 다하여 오늘을 사랑한다

제목 : 오늘을 사랑한다
시낭송 : 전선희
스마트폰으로 QR 코드를 스캔하면
시낭송을 감상할 수 있습니다

사색의 아침

새들의 지저귐 소리에
고요한 아침이 열리고
문득 올려다본 하늘은
하얀 뭉게구름이 그림처럼 펼쳐져 있다

아늑하고 고요한 속삭임에
고운 햇살이 해맑게 깨어나고
들녘 솔바람 사이로
싱그러움이 물결친다

맑은 향내 푸른 숲은
소녀 같은 수줍음으로
푸르른 날의 진한 그리움을 담아내고
나의 가슴을 뛰게 한다

하늘과 바람과 꽃들이 함께하는 인생
아침 햇살처럼 빛나는 내 삶이
하늘빛에 소담스레 영글어간다

가을은 혼자 있어도 행복이다

깊어가는 가을
아침 창가로 드리워진 햇살에
그리움이 가득한 눈으로
쓸쓸함이 묻어나는 낙엽 진 거리에 선다

꿈을 주던 아름다운 계절
세월의 흐름에
허전한 가슴을 메우려는 듯
가을 한복판에 서서 미소를 지어본다

지나간 시간을 기억에 묻어두고
다가올 시간을 그리며
습관처럼 오늘을 살아가다
가을색처럼 물들어간다

하루의 시간 위로 걷고 또 걷다가
나는 그제야
여행을 떠나는 것처럼 설렌다
가을은 혼자 있어도 행복하다

여름 이별

매앰 매앰 매미의 선창으로 시작된 하모니는
보슬보슬 내리는 마지막 여름비에
까치들이 즐거운 듯 창을 하고
이별의 애창곡이 베토벤 9번 4악장을 흉내라도 내듯
저마다 자기만의 소리로 질러 된다

아무리 여름이 무더워도 가을이 오는 것처럼
긴긴 무더운 날들이 지나가는 자리에
가을이 살짝이 미소 짓는 것을 보노라니
이 세상 모든 것이 그렇듯
세월은 누구에게나 공평하다는 것을 느낀다

오늘이라는 일상 속에서
문득 올려다본 푸른 하늘에는
여름과 이별하듯
하얀 뭉게구름이 노를 저어간다
아! 싱그러운 가을 풍경이여

어머니로 사는 행복

이슬처럼 순수하고 아름다운 꽃
하얀 분첩과 붉은 연지 곤지 내려놓고
지어미가 되고 어머니가 되어
울 엄마 닮고 나 닮은 아들과 딸을 얻었습니다

엄마와 내가 함께 한 아쉬운 세월만큼
나와 아이들도 그 세월의 끝자락을 함께 하고
앵두 같은 입술로 예쁜 미소 지으며
복사꽃 같은 사랑을 나눕니다

엄마의 삶이 사계절의 인고와 같듯
내 삶도 그렇고 아이들의 삶도 그럴 것이고
오직 자식만을 사랑과 정성으로
가르치며 희생하는 연어의 삶입니다.

굽이굽이 세상을 그림처럼 휘돌고
거친 물살을 헤치고 흘러가는 강물처럼
가진 것을 모두 주며 어머니로 사는 행복
반짝이는 윤슬보다도 아름답습니다.

푸른 정열

초록 나뭇잎 사이로 반짝이는 햇살 아래
가느다란 가지 길게 늘어뜨린
가녀린 몸매 흔들며 짙어가는 향기 속에 푸르름이
꽃보다 아름답다

신록의 향연 싱그러움이 피어나는 계절에
설렘과 희망으로 너울너울 춤을 추며
뜨거운 열정으로
오늘도 하늘 높이 꿋꿋하다

피고 지는 세월이 흐르는 소리를 들으며
가슴으로 스치는 모든 것이 행복하였노라
아름다운 내일을 약속하며
마주하는 모든 이에게 푸른 정열을 전한다

제목 : 푸른 정열
시낭송 : 박영애
스마트폰으로 QR 코드를 스캔하면
시낭송을 감상할 수 있습니다

월화원의 가을

불어오는 바람에 낙엽비가 내리고
깊어가는 마음만큼 그리움의 깊이도 함께하는
효원은 만추의 사색에 젖는다

아름답고 이색적인 모습을 한 월방을 지나
시원한 폭포수가 흐르는 가산
정통 정원인 부용사가 광둥의 삶을 담아낸다

노을빛 고운 담장에 기대어
마음의 빗장을 여니
은은한 가을 향기가 평안함을 준다

굽이진 세월에 천천히 소리 없이
절정의 가을보다 더 깊은 간절함으로
월화원의 풍경이 스며든다

빛나는 네 개의 별

내 가슴속에는 영롱한 이슬처럼
유난히 반짝이며 밝게 빛나는
네 개의 별이 있습니다

소중한 내 삶의 시간 동안 늘 함께하며
맑은 울림으로 마음속에 행복을 안겨주는
가슴 벅찬 삶의 교향곡입니다

힘들고 지칠 때마다 환하게 웃어주며
보고 있어도 보고 싶은 사랑의 마음을 전하는
감동의 세레나데입니다

좌절의 순간에도 희망과 용기를 품는 것은
바라만 봐도 시리도록 예쁘고 사랑스러운
보석보다 더 소중한 나의 별들이 있기 때문입니다

내 인생에 금빛 찬란한 순간
생의 한가운데를 지나는 지금
내 삶 안에서 영원히 빛날 나의 별들입니다

제목 : 빛나는 네 개의 별
시낭송 : 전선희
스마트폰으로 QR 코드를 스캔하면
시낭송을 감상할 수 있습니다

세코이아 길에서

비바람이 거세게 불어도
묵묵히 걸어온 저 길 위에서
인고의 세월을 이어가며
푸른 하늘을 향해 손을 흔든다

세월을 베고 누운 뿌리는
서성이는 바람결 따라
흙 속에서 뒤엉켜 서로를 어루만지며
울창한 숲을 만들어 바람의 손짓을 막는다

얼마나 많은 날이 흐르고 흘렀을까
꽃을 피우고 새들이 노닐다 간
숲속의 나무들은 이별을 아쉬워하며
때를 알고 하나둘 햇살 속으로 사라진다

동트는 숲길은 어디선가 끝나고
빛바랜 시간의 조각을 찾아
사라지는 날들 속
내 삶의 언저리에 바람이 인다

독도

망망대해 외로운 태양의 섬
오천 년 역사의 한 서린 아픔을 견딘
우리의 영토

자손만대
영원히 빛날 아침의 나라

그림 : 고 허영철

가을 사랑

파란 가을 하늘에
상쾌한 바람이 불어오면
살며시 얼굴 내민 고운 햇살에
단풍이 곱게 물들어가는
한 폭의 아름다운 가을 풍경을 사랑합니다

이른 아침 이슬방울에
짙은 그리움 고독의 향기가 스며들면
깊어만 가는 계절의 심상
내 마음에 한없이 퍼지는
선물 같은 가을 향기를 사랑합니다

이 가을에도
작은 그리움을 남기는 누군가가 있고
생각만 해도 힘이 솟고
입가에 미소를 띠게 하는
아름다운 추억이 있습니다

먼 훗날에도
내게 다가올 가을은
같은 눈 같은 마음의 좋은 인연처럼
희망이고 생명이고
한없이 아름다운 사랑이면 좋겠습니다

시화

초록의 봄빛 속에
시인이 가슴으로 글을 쓰고
화가의 혼을 담은 그림으로
세상으로 와서 삶이 묻어있는
시화의 꽃들이 되었다

푸르름으로 가득한 형형 색색의 시들이
향기를 뿜으며 발걸음을 멈추게 하고
감동의 시향으로 그리움을 담는 시간으로
바라보는 그윽한 눈길들에게
감성을 높이고 가슴을 뛰게 한다

시인들의 시화가 나무마다 세워지고
화려하게 수놓은 자연의 색채 앞에서
설레는 마음으로 추억의 시간을 걷게 한다
피고 지는 세월이 흐르는 소리를 듣게 한다

허수아비

벼이삭이 고개 숙인 논두렁
잠시도 쉬지 않고 지킨 들녘에 서서
외로이 두 팔 벌려 웃는다

산들바람맞으며
황금들판 풍년을 거두니
텅 빈 논 허수아비 홀로 쓸쓸하다

속았다며 재잘대는 참새 노래하는 갈대
춤을 추는 철새들을 보며
가을을 담으려는 듯 사방을 두리번거린다

그림 : 정명애

평온의 숲

가슴 아린 고통과 고뇌의 연속
삶의 절망으로 고개 숙이던 날
긴 악몽에서 깨어나질 못하고
일생의 자취를 세상에 남겨둔 채
그대 이곳에서 편한 쉼을 하는가

살아보니 그날이 그날이었던지
그 먼길 낯선 곳으로 모든 것을 두고 떠나던 날
그리 찬란했던 빛도 지나가는 바람도
숨을 죽이고 물끄러미 바라볼 뿐
차마 말리지 못하던가

이 하늘 이 땅은 초록으로 수를 놓는데
하늘과 땅 사이 나그네 영혼으로
어둠을 깨는 울림으로 묵언의 침묵으로
돌이킬 수 없는 다른 세상 다른 길에서
지금은 어디를 떠도는가

빈 가슴 메워주지 못해 미안한 마음이
가슴 한편 별이 된 이름 앞에
인생은 늘 돌아갈 수 없는 길을 걷는 거라고
평온의 숲에 누워 있는 이를 위로한다

삶의 이유

세월 따라 흘러가는 나날들
지나간 날은 모두 추억이 되고
강물처럼 한 해가 흘렀습니다

한 시절이 지나 또 한 시절이 오는 동안
줄 세워 놓은 일렁이던 꿈들이
오로라빛처럼 다가옵니다

생의 가파른 비탈길에서
열정을 쏟으며 살아가는 오늘은
내 안에 살아갈 이유가 되어줍니다

기다림과 설렘으로 다가올 내일을
희망으로 바라보는 지금
삶의 의미가 되어 오롯이 빛납니다

이별 그리고 만남

높은 하늘에 뭉게뭉게 떠 있는 구름
살랑살랑 불어오는 바람과 오색찬란한 단풍
깊어가는 가을에 만나는 풍경이
내 마음을 설레게 합니다

마음은 아직
가을 속에 더 머물고 싶은데
거친 바람에 한 잎 두 잎 떨어지는 낙엽은 쓸쓸함으
로 진한 그리움을 불러들입니다

기쁨과 설렘으로 맞이했던 시월의 만남은
그렇게 또 하나의 추억을 가슴에 남긴 체
아득한 기억의 골짜기를 지나
노을 속으로 걸어갑니다

이제 나는 푸른 새벽 바람의 언덕에서
나 자신을 사랑하는 법을 배우며
일상에 스며드는 작은 행복을 만나러
새로운 희망의 문턱으로 향합니다

길

하늘가를 떠다니는 구름
뜨는 해와 지는 달
하늘이 날마다 그림 그리는 것을 보면서
수없이 걸었던 길을 걸어갑니다

고난을 실은 삶의 수레 위에서
순간순간 스쳐가는 소소한 일상들
살아보니 행복은 작은 곳에 가득하고
마음의 창으로 삶의 빛이 차오릅니다

꿈을 찾아 떠나는 세상의 길
한걸음 한걸음 걸어가면서
마음이 허락하는 곳을 가슴으로 헤아리며
수많은 세월을 따라 걸어갑니다

그러다 문득
나에게 주어진 시간이 길지 않다는 것을 느끼며
남은 시간 함께 걸어가는 모든 이에게
따뜻한 햇살이 되어주고 싶습니다

겨울 강가

새로운 희망은
햇살처럼 스미고
나를 흔들어 깨우는 고운 날

바람이 스치고 간 얼어붙은 강가
우거진 갈대숲이
겨울의 풍광을 그린다

삶의 흔적만큼이나 소중한 이 계절
오솔길 향기 따라
그대에게 이르는 고즈넉한 길

오가는 사람들의 웃음소리는
나뭇가지를 흔들고
삶의 가지마다 꽃으로 피어난다

또 한 해의 시간을 걷는다

깊어가는 긴 겨울의 시간
세찬 바람이 나뭇가지 사이를 휘몰아치고
겨울 햇살은 따뜻한 새봄을 기다리며
깊은 그리움 속에 환희의 빛깔을 흩날린다

나이테처럼 늘어만 가는 삶의 테두리
긴 세월에 일상처럼 지워질 사색을 하며
바람 같은 시간의 스치움에
수많은 바램과 아쉬움을 남긴다

물 흘러가는 대로
바람이 부는 대로 살아낸
평범했던 지난 시간 사이로
오늘도 속절없이 하루가 지나간다

푸른 하늘에 힘찬 날갯짓으로
노을빛처럼 아름답게 진주처럼 영롱하게
한 편의 시가 되는 고마운 날들이
삶의 시간 위를 걷는다

사랑의 시간

고즈넉한 겨울
고향의 창가에 앉아
달빛 비추는 밤하늘에
반짝이는 별들을 바라봅니다

젊은 시절 즐거웠던 날
지난 세월의 아름다운 추억들이
삶의 애달픈 세월이 되어
겨울바람의 향기에 날아오릅니다

고운 미소 한 아름 그리움 한가득 담아
마음속에 정원을 만들어
포근한 담소로 웃음꽃 피우던
옛 생각에 젖어 드는 밤입니다

눈꽃처럼 화사하게 웃으며
뿌리 깊은 나무처럼 흔들림 없이
하늘이 되고 가슴이 되어주던 어머니와
아름다운 사랑의 시간으로 채웁니다

가을 단상

그리움을 담은 햇살은 가을 하늘을 거닐고
푸르른 나뭇잎은 고운 빛깔로 물들어가는데
내 마음에 시를 쓰듯 삶을 잔잔하게 그려내는
이 계절은 나의 가을입니다

오색단풍 물결치며 색의 향연은 깊어가고
삶의 언저리 바람에 사그락사그락 흔들리며
은빛 물결의 속삭임을 듣는
이 계절은 그대의 가을입니다

놓치고 싶지 않은 멋진 날
사색의 낙엽길에서 가을 향기에 젖어
수많은 이야기를 꽃편지에 띄우는
이 계절은 우리들의 가을입니다

그윽한 감성의 빛깔로 축제를 열어
가을시 하나 오롯이 남기며
아름다운 행복으로 물드는
이 계절은 진정 그대와 나의 가을입니다

제목 : 가을 단상
시낭송 : 전선희
스마트폰으로 QR 코드를 스캔하면
시낭송을 감상할 수 있습니다

수묵화

먹물의 번짐으로 무수한 선들이 뻗어나가
안개가 자욱하게 뒤덮인 산천의 풍광
감성과 이성의 틈새에 삶과 죽음을 묵상하며
여백의 미를 잔잔하게 그려나간다

좋았던 날 아팠던 날을 밝고 연함으로
힘 있는 선으로 기를 넣고 그윽한 향기도 불어넣어
물든 그리움 가슴속 사연을 마음 한켠에 숨겨두고
지나온 삶을 묵묵히 그려나간다

하얀 운무 산허리에 두르고
비바람에 깎인 암석 위에 폭포수도 그리고
기다림이든, 마음 비움이든
붓을 든 손은 삶의 무게를 오롯이 담아낸다

허전한 공간 멈춰버린 시간 속에
하나둘 잊혀가는 연민의 정 부여잡고
고독을 자신만의 방식으로 엮어
침묵의 색깔로 덧칠한다

수많은 나날 흐르는 세월 속에
화선지 위의 풍경에는 아름다운 산수화들이
화려하지 않은 은은한 먹의 농담 속에
빛 고운 수묵화 한점 되어 세상 밖으로 나온다

그림 : 고 허영철

아름다운 계절에

황금 햇살이 상큼한 바람을 타고
조용한 호숫가를 방황하다
발길을 멈추고 잔잔하게 웃는다

사계절이 머무르는 투명한 바다는
늘 그 자리에서 누구든
오는 사람을 포근히 감싸준다

지나던 바람이 말을 걸고
마음 닿는 그곳에서
삶의 숨결 속으로 빠져든다

내 지친 영혼은 가을바다와 동행하며
10월의 어느 멋진 날이 되어
가슴 깊이 스며든다

희망풍경

인생이라는 장벽 속에
길을 밝혀주는 작은 별빛처럼
오늘도 어둠의 길고 긴 밤은
새벽을 기다립니다

세상이라는 무대에
밝아오는 여명처럼
어둠 속에서 빛을 발하듯
나에게는 그대 사랑만이 희망의 빛입니다

내일을 꿈꾸는 대지에
북적거리는 삶의 이야기 속에
인생의 꿈을 찾아준 씨앗처럼
나에게는 그대 사랑만이 한 가닥 희망입니다

천둥 번개의 삶을 살아가는 모든 이여
꿈을 꾸며 맑은 영혼을 가진 모든 이여
가슴을 뛰게 하는 우리들의 삶에는
사랑만이 유일한 희망의 꽃입니다

날마다 새로움으로 채색되어가는 삶의 여정
세상을 향해 다가설 수 있는 용기와
꿋꿋한 의지와 활기찬 함박웃음으로
오늘도 희망 풍경을 그립니다

제목 : 희망풍경
시낭송 : 박영애
스마트폰으로 QR 코드를 스캔하면
시낭송을 감상할 수 있습니다

겨울 서정

살을 에일 듯 찬바람이 부는 겨울 강가
실타래 풀어놓듯 사뿐히 날아드는 눈발은
은빛 수놓으며 사랑으로 물들게 합니다

가슴속으로 파고드는 차가운 바람
새로운 서정을 품듯 눈 내린 세상은
희망으로 빛나게 합니다

노을의 나이에 들어서야
지나온 모든 날들이 행복이었음을 알고
작은 파문으로 일렁이기 시작합니다

뚜벅뚜벅 걸어가는 우리네 인생길
힘겨웠던 지나온 세월들이
겨울 동산에서 삶의 아름다움을 느낍니다

그리운 회룡포

파란 하늘 푸른 숲
석양 드리운 백사장
맑은 물이 한데 어우러진
육지 속의 아름다운 섬마을

바람 따라 돌고도는 세월 속에
굽이굽이 휘돌아 치는
내성천의 푸른 물은
정겨움이 가득하다

삼강나루 옛 추억에 젖어
흘러가는 시간 속에
어머니 삶의 모습 닮은
회룡포를 품는다

세상과 맞닿은 무섬마을
고즈넉한 고향의 풍광처럼
세상의 모진 풍파 속에서도
묵묵히 그 자리를 지켜낸다

가을 이야기

벼이삭들이 바람에 넘실거리며
아름다운 교향곡을 연출하는 찬란한 가을
한 가닥 햇살에도 설레는 가슴으로
황금빛 추억을 수놓는다

고단한 삶을 메고 걸어온 길에
쉬어가라 고운 빛깔 향연을 펼치고
곱게 물든 그리움의 시간 위로
나뭇잎 하나 바람 타고 내린다

인생도 흔들리다 가는 것을
세월의 빛깔은 성숙한 가을의 길목에서
파란 하늘 파란 바람을 따라
억새꽃 서걱이며 세월을 노래한다

세월

고요를 깨우는 아침
돌고도는 계절의 길목 언저리에
청아한 햇살 따라 바람의 숨결이 들락 거린다

무수한 기다림의 날들
많은 날 반짝였던 머물듯이 다가온 추억 하나
붙잡고 싶은 이야기 되어 노을빛에 물들어간다

지나온 삶을 돌아보면 늘 그 자리
때론 여유로움으로 펼쳐 보지만
소용돌이치는 울림 되어 가슴으로 번진다

산모퉁이에 어둠이 깔리고 침묵이 감돌 때
감춰두었던 외로움은 허공을 응시하고
질주하는 세월은 주름살 하나 더 그려준다

그 섬에 가면

싱그러운 숲속의 내음이 그리울 때
하늘까지 뻗어 오르는 나무
강물로 에워싸인 섬의 향기를 맡으러
그 섬에 간다

별빛 달빛 물안개가 그리울 때
강이 보이는 고즈넉한 풍경
자연 속에서 따뜻한 이야기를 나누러
감성 가득한 연인들의 거리에 선다

짙게 드리워진 숲 그늘 아래로
강바람이 불어오는 산책로
남이섬이 주는 선물에
동화 같은 하루를 보낸다

내가 바라본 세상
생각이 끝나는
메타세쿼이아 길 저 끝에
가슴이 그립 다할 추억 하나 만든다

여름날의 노래

강렬한 태양빛은
뜨거운 여름날의 오솔길처럼
세상이 우리에게 주는 아름다운 선물

오랜 세월 속 아름드리나무는
잊혀진 계절의 고목처럼
자연이 우리에게 주는 풍경

살면서 작은 소망은
지친 사람들의 희망의 속삭임처럼
삶이 우리에게 주는 사랑의 힘

이 멋진 여름날에 부르는 서곡은
그리움 가슴에 담은 노을빛처럼
내 가슴 설레게 하는 소중한 삶의 행복

화양연화

누군가 나에게 살면서
화양연화의 삶은 언제였냐고 물으신다면
지금 이 순간이라고 말하렵니다

위대한 삶의 길을 걸어가면서
지나온 시간들이 힘든 날이었을지라도
그 또한 아름다운 한때였음을

모진 시련 견뎌낸 날들이
꽃을 피우고 향기를 내는 것처럼
고뇌의 시간은 내일의 희망이었음을

나에게 허락된 그 날까지
내 삶에 감사하고 매 순간
화양연화의 삶을 그려내렵니다.

제목 : 화양연화
시낭송 : 전선희
스마트폰으로 QR 코드를 스캔하면
시낭송을 감상할 수 있습니다

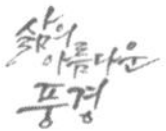

햇살의 꿈

어둠이 깊을수록 별은 더욱더 빛나고
고난이 클수록 희망은 더욱더 간절하듯이
바람 불고 비 오는 인생길
소박한 꿈 하나 가슴에 품는다

흔들면 흔들리는 데로 비 오면 젖어주고
비우고 내려놓으며 작은 것에 행복하듯이
홀로 왔다 가는 인생길
선물 같은 하루에 꽃처럼 웃는다

아픔도 슬픔도 잠재우고
빈손 빈 마음으로 떠나듯이
따스한 햇살은 푸르른 눈부심으로
세월이 남겨놓은 세상의 기억들을 수놓는다

오늘은 나 내일은 너

이 밤 지나면
한 생을 살았던 산천마을 뒤로하고
정들었던 세상을
떠나야 한다는 것을 알고 있다

새벽이 오는 길
바람 없었으면 하늘도 푸르렀으면
어릴 적 내 어머니의 자장가 들려왔으면
애절한 마음으로 생각을 가다듬어 본다

영원한 이별의 순간
슬픔의 시간은
추적추적 다가오고
인생의 허망함이 느껴진다

살아서 서러웠던 거 다 풀고
달이 되고 별이 되고 꽃이 되고
나비가 되고 새가 되어
가고 싶은 데로 좋은 곳으로 가야지

오늘은 나
내일은 너

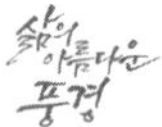

가을 풍경을 그리며

오늘처럼
바람 불고 비가 오는 날이면
고요함과 외로움을 함께 담아
새들의 푸른 하늘로 날려 보낸다

그리움이 밀려드는 해 질 녘
소리 없이 다가온 계절을 탐하며
마음 뜨락에 핀 꽃 하나
찬란한 아침을 기다린다

아직 걸어가야 할 길이 남아있는
내 영혼은 지친 삶 내려놓고
나만의 가을 풍경을 그리다
비로소 환희를 맛본다

두물머리 사랑

맑은 하늘 잔잔한 물결
물새가 노니는 양수리에
남한강과 북한강 두 개의 강물이 만나
하나가 되어 흐르는 두물머리

반짝이는 은빛 햇살에
서로 걸어온 길은 달라도
그대와 나 두 마음이 만나
하나가 되어 삶의 풍랑 따라 흐르네

두 갈래 물이 굽이쳐 흘러내려
물길 따라 흐르는 두물머리
긴 세월 느티나무들이 서있는
영원의 길목에서

석양의 여울 위로
내 지친 영혼이 쉬어가는
마음의 안식처에 사랑의 빛 따라
흘러가는 두물머리 사랑

가장 행복한 순간

파아란 하늘과 맞닿은 바다
파아란 바다와 맞닿은 하늘
축복 같은 햇살이 나를 비출 때
나는 가장 행복한 순간을 맞이한다

비취색 하늘에 하얀 뭉게구름이 있는
싱그러운 아침에
가족과 함께 있는 지금이
내게는 가장 행복한 순간이다

맑고 맑은 쪽빛 하늘보다
노을 진 바다의 노래보다
하늘과 바다가 어우러진 경치보다
동행하는 기쁨 속에 행복한 시간을 보낸다

아름다운 풍경을 바라보며
소소한 일상의 이야기들로
삶을 채색해가듯 나의 하늘은
오늘도 사랑으로 여물어간다

산책길의 풍경

맑게 빛나는 신선한 하루
햇빛 한 짐 짊어지고
신비로운 오월의 산책길에 나선다

새소리 청명하게 울리고
화사함이 가득한 정겨운 일상처럼
초록 잎새들의 속삭임은 봄기운을 느끼게 한다

은은한 녹색의 향연들이
바람을 기다리는 길 위에 잠시 머물며
들꽃이 전하는 말을 듣는다

한순간 한 자락 기억하고 싶은 하루
사색을 하며 느껴보는 소소한 행복감에
길에서 만난 아름다운 사람들 꽃처럼 웃는다

가을 소나타

눈부신 금빛 햇살은
나를 일으켜 세워
국화향기 그윽한 들길을 따라
생의 낯선 하루를 걷게 합니다

사색의 계절에 젖어있던
꽃잎들이 손을 내밀며
실바람에도 한들한들
미소를 보내옵니다

새록새록
물들어 가는 단풍잎은
가을바람에 춤을 추며
생의 절정을 깨닫게 합니다

맑고 고운 모습으로
아름다운 인생을 꿈꾸며
나는 그렇게 또 하나의
아름다운 하루를 만들어갑니다

소소한 행복

맑고 드높은 하늘에
누군가 푸른 물감을 풀어
그림을 그렸나 봅니다

둥실 떠가는 구름 속에
문득 잊고 지낸 사람들의
환하게 웃는 모습이 보입니다

속절없이 흘러가는 세월 속에
서로 어긋난 운명의 길에서
그리움으로 서성이는 나를 봅니다

그대가 오늘따라 더 보고 싶어지는 건
가을이라 그런가 봅니다
가을이 참 아름답습니다

마지막 날에는

별이 쏟아지는 밤하늘
눈물과 한숨으로 잿빛 적막한 세상
저녁 그림자 같은 고독이
이별의 아픔을 맞이한다

망각으로 가는 길은
굽이굽이 두견이 우는 산길
살다가 꽃잎 지듯 세상에 떨어질 때
눈 오는 밤이라도 좋고 비 내리는 날도 좋다

시간도 없고 끝도 없는 곳으로
세속의 낡은 옷을 벗어버리고
조용히 긴 여행을 떠나는 날
밤마다 바라볼 빛나는 별이 되겠습니다

옛일들 사이로 소리 없이 다가오는 당신은
언제나 캄캄한 마음속에 찬란한 등불
내가 너를 보내고 네가 나를 보내도
당신 속에서 새벽빛으로 있겠습니다

겨울나무

서걱서걱 울던 갈대밭을 보며
솔숲에서 불어오는 바람이
가슴 시린 그리움으로
쓸쓸하고 황량한 계절을 불러들인다

사색의 수많은 날들
마른 잎새들은 허공을 휘돌다
비로소 하늘 끝에 누운 날
애련한 숨결이 가슴속으로 파고든다

마지막 잎새가 홀연히 떠나던 날
모진 세월 속 상념의 나무는
슬픔의 재를 넘어 노을 속에서
천년의 시린 겨울을 밟고 서있다

성숙된 고독을 휘감아 안고
새로운 꿈이 시작된 듯
내일의 해는 또다시 떠오른다며
묵묵히 마음을 추스른다

어느 오후 일상의 풍경

창밖으로 올려다본 하늘은
화가 난 사람처럼 잔뜩 흐려있고
아파트 기둥 사이로 보이는 목련은
자태를 뽐내며 곱게 피어있다

아름다웠던 시절을 떠나보낸
가녀린 여인은 침대에 누워서
무슨 생각을 하는지
종일을 있어도 아무런 말이 없다

화구를 펼친 노인은
등 떠밀린 삶을 살다가
이제야 하고 싶은 걸 한다며
붓을 들고 그만의 세계를 그려나간다

그날의 하늘도 앙상했던 그녀도
그림에 심취해있던 노인도
지금은 모두 떠나간
어느 오후 일상의 풍경이 그립기만 하다

기억에 남을 봄 안부

제목 : 기억에 남을 봄 안부
시낭송 : 전선희
스마트폰으로 QR 코드를 스캔하면
시낭송을 감상할 수 있습니다

태양은 힘차게 얼굴을 내밀고
햇살은 여유롭게 대지를 감싸는데
계절은 바람의 선율에 따라
아무 일 없는 것처럼 봄 안부를 전해옵니다

삶의 여행길에 처음 경험해 보는 현실 앞에
무심코 지나왔던 사소한 일상이
행복이었다는 걸 느낀다며
내 삶의 안부를 물어오는 사람이 있습니다

늘 바쁜 일상 속 수많은 사람 중
가끔은 보고 싶고 생각이 나는 사람에게
그동안 잘 있었느냐고 별일 없냐고
지금의 안부를 묻고 싶은 사람이 있습니다

당신의 안부가 궁금해지는 하루
숙명처럼 힘들고 어려운 일들 많겠지만
힘이 필요한 오늘을 위로하며
설렘과 행복을 주는 날들이 되길 기도합니다

빛을 향해 나아가는 푸른 삶의 꿈은
살아가야 할 우리 모두에게
한 줄의 시가 되고 아름다운 노래가 되어
지금처럼 그리고 늘 함께했으면 좋겠습니다

한여름 날의 오후

뙤약볕이 내리쬐는 무더운 여름날
계절에 충실한 8월의 오후

여름날의 주인공 매미조차
가만있어도 땀이 난다며
소릴 지르고

여름날의 엑스트라 잠자리는
뜨거운 온도에 더는 어지러워
날지 못하겠다며 하소연하는데

여름날의 꽃 해바라기는
이 까짓것 하며 아랑곳하지 않고
의연한 자세로 해를 바라보네

아직은 뜨거운 여름
시원한 바람과 나무그늘이 그리워
내 안의 그대를 그리는 한여름 날의 오후

풀꽃

돌 틈 사이 고개 내민 풀꽃
가끔 바람이 스치고
찾는 이 없어도
외롭지 않아

그곳이 어느 곳이든 뿌리내리면
청아하게 피어나
누군가의 가슴에
행복을 줄지도 몰라

우리네 인생 산기슭 한 포기 풀꽃
가끔 비바람이 치고
알아주는 이 없어도
슬프지 않아

어디서 무엇을 하든 그대 뜰에 내리면
향기롭게 피어나
내 삶의 가슴속에
사랑이 빛날지도 몰라

겨울날의 회상

바람도 쉬어가는 시린 겨울날
앙상한 가지에 눈꽃이 피고
시간의 빈터에 침묵으로 서있다

모든 날이 비 내리고 바람 불지 않듯
인생이 늘 춥거나 쓸쓸한 건 아니라고
내 삶을 토닥인다

햇살 드는 창가에 줄지어 앉은 겨울날
고요의 중심에서 긴 여운을 남기며
빛나던 날들을 돌아본다

그림 : 정명애

2부

나를 찾아서

제목 : 나를 찾아서
시낭송 : 전선희
스마트폰으로 QR 코드를 스캔하면
시낭송을 감상할 수 있습니다

살다가 문득
저 푸르른 하늘의
울림의 소리가 듣고 싶어질 때는
무작정 길을 떠나고 싶습니다

어디로 가야 할지
갈 곳을 정하진 않았지만
길을 걸으며 그동안 잊고 지냈던
나를 찾고 싶습니다

하늘과 맞닿은 산길을 거닐다
가는 길을 잠시 멈추고
숲과 나무의 소리를 들으며
나를 만나고 싶습니다

머무르는 동안
나뭇가지를 흔들어 자신의 존재를
세상에 알리는 나뭇잎을 보며
산다는 의미가 무엇인지 느끼고 싶습니다

이 세상 길이 끝나는 자리에 멈출 때
비로소 삶을 들여다보며
소중한 날의 순간을
다시 깨닫는 내가 되고 싶습니다

속삭임

제목 : 속삭임
시낭송 : 이봉우
스마트폰으로 QR 코드를 스캔하면
시낭송을 감상할 수 있습니다

투명한 햇살을 가슴에 담으면
세상이 환해 보이듯
얼굴에 잔잔한 미소를 띄우면
하루가 즐거워진다고
자연이 나에게 전하는 속삭임을 듣습니다

남에게 있는 소중한 것을 아름답게 볼 줄 아는 눈
타인의 행복을 기뻐할 줄 아는 넉넉한 마음
내가 지닌 진실한 마음과 생각이
아름다운 세상의 향기가 되어준다고
삶이 나에게 전하는 속삭임을 듣습니다

낮은 곳으로 흐르고 흐르다가
드넓은 바다에 도달하는 강물처럼
벼가 고개를 숙이며 겸손해하는 것처럼
나 자신을 낮추는 현명함이
삶의 지혜라는 속삭임을 듣습니다

삶이란 지나고 보면 한순간이기에
지금 이대로의 나를 사랑한다고
가슴을 토닥이며
밝고 힘찬 노래로 푸른 꿈으로
희망의 열매를 맺기 위한 꽃들의 속삭임을 듣습니다

그림 : 정명애

나에게 말합니다

제목 : 나를 말합니다
시낭송 : 박영애
스마트폰으로 QR 코드를 스캔하면
시낭송을 감상할 수 있습니다

오늘도
행복하다, 행복하다
나에게 말합니다
그러면 정말 행복한 나를 봅니다

오늘도
웃자, 웃자
나에게 말합니다
그러면 정말 웃고 있는 나를 봅니다

오늘도
사랑해 사랑해
나에게 말합니다
그러면 정말 사랑받고 있는 나를 봅니다

오늘이
내 생애 최고의 날이라고
나에게 말합니다
그러면 정말 생애 최고의 날을 보내는 나를 봅니다

오늘도
나는 주문을 걸고
작은 행복의 미소를 짓고 있는 나를 보며
그 미소에 내 마음도 행복해집니다.

마음의 대화

높고 푸른 가을 하늘을
가만히 올려다보면
꽃구름 하나가 살며시 말을 건네 옵니다

오늘을 산다는 것
인고의 세월을 살아간다는 것
그 하나만으로도 희망이란 걸 알아야 한다고 말해줍니다

진실한 눈으로 세상을 바라보고
온유의 마음으로 사랑하며
하늘빛 열정으로 하루를 살아가라 합니다

내일의 하늘은 더없이 푸르게 빛날 것이며
향기로운 꽃으로 피어나
은은하게 반짝일 거라 다정하게 속삭입니다

내 마음의 해맑은 미소가
아름다운 날의 시가 되고
행복의 노래가 되어 내 가슴을 한가득 채워줍니다

그림 : 정명애

진정한 아름다움

살랑살랑 바람의 손짓에
꽃구름 피워내는 파란 하늘가
뜨겁게 쏟아지던 정열의 태양은
부드럽게 세상을 비춘다

삶의 향기를 마시는 오늘 하루도
아름다운 것을 볼 수 있고 만질 수 있고
가슴으로 느낄 수 있으니
이 또한 삶의 행복이 아니런가

인생은 살면서 정답을 찾아가는 것
사랑은 살아가면서 답을 알아가는 것
이 세상에 완벽한 정답은 없기에
나는 지금, 이 순간을 사랑한다

꽃은 피어야 하고 비는 내려야 하고
바람은 불어야 하고 사랑은 표현해야 하기에
나는 지금 이 순간도 마음으로
진정한 아름다움을 보려 애써본다.

연가

맑고 싱그러운
하늘 정원의 바람이 되어
희망의 푸르름으로
그대 마음의 별이 되고 싶습니다

햇살 아래 꿈꾸는
깊은 산속 들꽃이 되어
바람이 부는 데로 이리저리 흔들리며
인생을 노래하고 싶습니다

보이지 않아도 보이는
느끼지 않아도 느끼는
내 삶의 꽃이 된 당신으로부터
침묵으로 말하는 법을 배웠습니다

달빛 드리운 창가에 기대어
옛 추억을 곱게 물들이며
지금, 이 순간도 그대 사랑하는 마음이
나의 심연을 어루만져 줍니다

사랑하며 살고 싶다

우리네 삶이 세상을 벗어날 수 없듯이
계절이 수없이 바뀌고 세월이 아무리 흘러도
항상 변함없는 한결같은 마음으로
사랑하며 살고 싶다

날마다 감사하는 마음으로
하루하루가 새로운 축복임을 알고
어떤 상황에서도 좋은 생각으로
세상을 아름답게 볼 줄 아는 지혜로 살고 싶다

만남의 기쁨도 이별의 슬픔도
바람처럼 왔다가 바람처럼 사라지듯
이 세상으로 왔다가 다시 돌아가야 하는
마지막 순간까지도 사랑하며 살고 싶다

행복하게 하소서

하늘이 열리는 새로운 날
이렇게 좋은 하루 속에 함께 하는 이들이 있다는 것에
감사한 마음으로 사랑이 넘치는 날이 되게 하소서

희망이 샘솟고 사랑이 꽃피는 아름다운 날
넉넉하고 여유로운 마음으로 즐거움을 채워가듯
삶의 향기로 가득하게 하소서

마음은 훈훈하게 눈빛은 따뜻하게 말씨는 부드럽게
가슴마다 미소 가득한 행복의 문을 열게 하시고
삶의 여정을 기쁨으로 채우게 하소서

이 세상 최고의 선물 오늘 하루
해맑은 웃음꽃처럼 향기로운 이 행복을
그대에게 드립니다. 오늘도 행복하소서

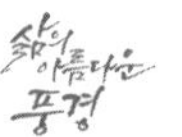

나에게 주어진 하루

따사로운 햇볕
싱그러운 바람
계절의 속삭임을 들으며
나에게 주어진 하루에 감사하렵니다

사랑하는 마음
아름다운 세상
축복의 나날들을 떠올리며
나에게 주어진 하루에 감사하렵니다

맑고 순수한 영혼
삶의 감동적인 순간
세상의 작은 행복을 느끼며
나에게 주어진 하루에 감사하렵니다

들꽃 한줌
길가의 돌멩이 하나
존재의 환희
의미 있는 모든 것들을 보며

나에게 주어진
오늘 하루도
감사함으로 살아가야겠습니다.

마음산책

인연도 세월도
바람처럼 스쳐 지나가는 생의 들판에서
사람이 그리운 날은
강가로 마음의 산책을 나섭니다

잠시 발걸음을 멈추고
푸른 하늘과 뭉게구름
아름드리나무와 새
그리고 신선한 공기와 마주합니다

나 살아가는 세상에는
인생의 아름다운 이야기가
상큼한 추억을 들추어내며
사랑이라는 이름으로 머물다 갑니다

희망이 살아있는
삶의 향기로운 여운이
가슴속에서 한점 별빛으로 남아
한 아름 미소로 행복을 선물합니다

아름다운 세상의 향기가
진정 우리 삶의 버팀목이었음을
붉게 노을 진 석양을 바라보며
내일의 태양을 기다립니다

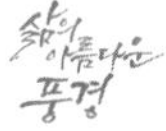

바람이 되어

높이 높이 창공을 휘저으며
수평선과 맞닿은 하늘
저 넓고 자유로운 곳에서
구름을 만나고 싶다

산 넘고 강을 지나 바다를 건너
잔잔한 호숫가 바람의 언덕
청초한 들판에 이름 모를
풀꽃의 하늘거림을 보고 싶다

바람이 불다 멈추면 세상은 잔잔해지듯이
일렁이는 울림을 가슴으로 들으며
말하지 않아도 느낄 수 있듯
모든 것을 품어주는 노을을 마주하고 싶다

맑은 눈빛 아름다운 마음으로
봄 햇살만큼이나 따사로운
내 삶의 뜨락 마음 한자리에
사랑을 전하는 바람의 향기가 되고 싶다

제목 : 바람이 되어
시낭송 : 박영애
스마트폰으로 QR 코드를 스캔하면
시낭송을 감상할 수 있습니다

지난 여름날의 추억

뜨겁게 타오르는 태양은
하늘 가득 새들의 함성에
수많은 날들을 스치듯 지나는
푸른 하늘에 잠시 쉬어간다

환하게 빛나는 정열의 날들은
산들산들 불어오는 솔바람에
출렁이는 마음을 안고
찬란한 침묵의 바다로 간다

가슴 시린 마음들이 바다의 너른 품에서
약속을 한 듯 평온에 젖어들고
수평선 넘실대며 채색하는 바다는
세상의 허물을 품듯 희망의 물결로 너울댄다

여름날의 무수한 이야깃거리는
내 기억의 소중한 빛깔이 되고
세월은 가슴속 추억의 힘으로
남아있는 나의 삶을 사랑하게 한다

마음의 대화

높고 푸른 가을 하늘을
가만히 올려다보면
꽃구름 하나가 살며시 말을 건네 옵니다

오늘을 산다는 것
인고의 세월을 살아간다는 것
그 하나만으로도 희망이란 걸 알아야 한다고 말해줍니다

진실한 눈으로 세상을 바라보고
온유의 마음으로 사랑하며
하늘빛 열정으로 하루를 살아가라 합니다

내일의 하늘은 더없이 푸르게 빛날 것이며
향기로운 꽃으로 피어나
은은하게 반짝일 거라 다정하게 속삭입니다

내 마음의 해맑은 미소가
아름다운 날의 시가 되고
행복의 노래가 되어 내 가슴을 한가득 채워줍니다

그리움의 그곳

해맑은 햇살 꽃과 바람의 속삭임에
계절은 소리 없이 다가와
새로운 옷으로 갈아입는다

맑은 눈빛 풀꽃 같은 미소에
그대 발자취 그리움으로 다가와
추억 속에 그 길을 걷게 한다

우리들의 행복했던 삶의 풍경
싱그러운 봄길 따라 사색의 향기 되어
존재의 울림이 되어 푸르게 빛난다

그림 : 고 허영철

살아야 할 이유

쏟아지는 햇살
초록이 출렁이는 잎새
들녘에 핀 소담스러운 꽃들
내가 살아야 할 이유이다

맑은 빛처럼 반짝거리는 세상
내 삶의 아늑한 공간
내 마음에 새겨진 이름
살아있음으로 느끼는 행복이다

아침이면 밝아오는 태양에 얼굴을 묻고
한낮이면 맑디맑은 바다에 가슴을 묻고
밤이면 아스라한 별빛에 사랑을 묻으며
살아있음에 감사한 하루이다

태양이 뜨고 지듯이
산다는 것은 살아간다는 것은
모든 것들이 삶의 의미가 되어
내가 살아야 할 잔잔한 울림이 된다

비 오는 거리에서

회색빛 구름이 밀려오고
세상이 점점 희미해지더니
내리는 빗방울 소리로 거리가 술렁거립니다

비 오는 풍경의 거리를 걸으며
생명을 품은 비의 노래를 들으며
그리움이 된 지난 일들이 스치듯이 함께 내립니다

오늘처럼 비가 나 대신 울어주는 날에도
향기로운 꽃들은 생글거리며
바람 따라 자유롭게 날아다닙니다

오늘이 그리울 내일에는
언젠가 사라질 그날이 올 때까지
삶에 젖어 사랑하며 살아가렵니다

삶이 나에게

오~대지여!
햇살을 흔드는 바람이
삶의 아름다운 향기로 고운 숨결로
가을 뜨락에 해맑게 꽃을 피운다

오~내 마음이여!
세월의 틈바구니에서
그리움을 흔들듯 고단함을 달래며
모진 삶을 토닥인다

행복이여 황금빛 아름다움이여!
태양은 빛나고 들판은 미소 지으며
자연은 나를 향해
저마다의 가슴에 기쁨과 환희로 출렁이게 한다

가야 할 길

역사상 처음 겪는 환란
보이지 않는 소리 없는 길

죽은 자는 혼자서 떠나고
산자는 참혹한 현실
위험의 늪을 넘나든다

그림 : 고 허영철

비 내리는 오늘은

너도
나처럼 외로운가 보다

창가에 서서
내리는 비에 마음을 적시는 걸 보니

오래된 기억들을 찾아내어
별빛처럼 두 눈 가득 아스라이 반짝이는 걸 보니

나도 너처럼
오늘은 긴 그리움에 고개를 숙인다

그림 : 고 허영철

달빛 드는 창

가을로 가는 계절의 길목에서
무엇을 위해 살았는지
어떻게 살아왔는지
지나온 날들을 되돌아본다

돌아보면 한 생애
세월의 향기로 인해
아름다웠던 날들이
꿈결처럼 시냇물처럼 덧없이 흘러간다

달빛이 좋아 창에 기대어
내 삶의 자취를 되돌아보니
지금 살아 있다는 건
하나의 기적이고 커다란 축복이다

스치고 지나면서 눈여겨보지 못했는데
뜨락에 가득한 꽃들은 맑은 향기가 스며들고
삶의 한복판 침묵에 휩싸인 달빛 드는 창은
풍진세상을 살아가는 우리들에게 찬사를 보낸다

만 가지 가슴

햇살이 그리운 날에는
부드러운 손길 사랑스런 눈길로
고요한 작은 속삭임에
추억을 아련히 기억하리라

외로움 한가득 밀려오는 날에는
촉촉한 숨결로 찾아오는 그리움
별빛 하나둘 얼굴 내밀 때
슬프도록 눈물겨워하리라

사는 게 힘든 날에는
물빛 고운 가슴으로
하루를 살더라도 진실한 마음으로
소망의 꽃 한 송이 피우리라

삶이 깊어가듯
그리움인지 외로움인지 허전한 마음
한 세상 살아가기 위해
만 가지 가슴 지니리라

영혼의 바람

오늘은 어둠에 밀려나고
하늘이 내일을 펼치자
먼 시간 속
아득하고 고요한 정적이
침묵의 바람이 되어 세상을 감싼다

깊은 세월
아픔도 슬픔도 잠재우고
가는 길이 어디인지도 모른 체
적막을 벗 삼아
애꿎은 시간을 재촉한다

저 푸르른 하늘을 향해
한 세상 거뜬히 살아낸
찬란한 넋은
가녀린 숨을 마지막으로
영혼의 바람이 되어 멀리 떠난다

어느 가을의 노래

한들한들 흔들리는 단풍나무 숲에는
바람과 들꽃이 전해주는
가을의 노래가 들려옵니다

폭풍 속 끝이 보이지 않는 인내의 길
슬퍼 마라 힘들어하지도 마라
가을 햇살이 위로해 줍니다

비바람 몰아치는 치열함 속에
숨죽인 삶의 고비고비의 시간
소리 내어 하소연하고 싶어집니다

세상 속 살아갈 삶이 아름답고 소중하기에
지금 이렇게 이 자리에서
힘들어도 웃고 있습니다

제목 : 어느 가을의 노래
시낭송 : 전선희
스마트폰으로 QR 코드를 스캔하면
시낭송을 감상할 수 있습니다

마음의 소리

마음의 소리를 들어본 적 있으세요?
삶이 힘들다고 느껴져서
못 듣는 건 아닌지요

당신의 마음에 물어보면
그 소리는 잘 들리지 않을 거예요
마음의 소리는 왜 그렇게 작을까요

내 마음의 문을 활짝 열어
햇살 한 줌 잔잔한 노래한 줄
깊은 울림으로 전해 보세요

메마른 삶에 맑은 바람을 수혈하듯
오늘이란 행복한 선물이
평화로운 마음으로 찾아올 거예요

빛날 때

돌 틈 사이 잡초는
억척스럽게 살아나야
경이로움으로 빛나고

바위 옆 폭포는
물과 절벽을 만나야
아름다움으로 빛난다

붉게 타는 노을은
석양과 구름을 만나야
기다림의 시간으로 곱게 빛나고

우리네 인생 은
좋은 일 슬픈 일 힘든 일이 어우러져야
비로소 삶이 빛난다

나는 희망한다

어려운 세상 초조하고 불안한 삶
보이지도 만져지지도 않는 공포의 날들
이 또한 우리에게 스쳐 지나가는 인생이 거니

절망 속에서도
삶의 끈기는 희망을 찾고
밝고 힘찬 행진곡에 희망의 꽃 피우리니

하늘이 무너질 것처럼
고통이 가득한 거칠고 거친 가파른 삶
이 또한 우리에게 지나쳐가는 삶의 길이거니

고통 속에서도
삶의 열정은 아름다운 열매를 맺고
맑고 고운 마음밭에 희망의 새싹 틔우리니

참고 인내하는 그대여!
인생은 신이 주신 선물
모든 순간은 영원의 행복이려니

사랑과 웃음 슬픔과 추억
보이지 않는 사랑 느낄 수 있는 행복으로
하늘빛 찬란한 희망의 날을 기약하자

제목 : 나는 희망한다
시낭송 : 전선희
스마트폰으로 QR 코드를 스캔하면
시낭송을 감상할 수 있습니다

마음 꽃

내 마음에
작은 꽃밭을 만들어
사랑이라는 꽃을 심었네
날마다 향기가 나는
사랑 꽃

내 마음에
사랑 꽃밭을 만들어
행복이라는 꽃을 심었네
언제나 지지 않는
행복 꽃

그림 : 고 허영철

향기 나는 삶

천년의 세월에도 꼿꼿이 몸을 세우고
넓은 잎을 펼치며 제모습을 지켜
노래를 담는 오동나무처럼

한평생을 추위로 살아내면서
눈 속에서 꽃을 피우고
그 향기를 잃지 않는 매화나무처럼

스스로 드러내지 않아도
인품이 절로 우러나는
마음이 올곧은 사람처럼

서로에게 따뜻한 눈길 주고받으며
향기가 넘치는 아름다운 세상
진정 그런 삶을 담아내고 싶습니다

봄비 속으로

방울방울 싱그러운 꽃망울에
촉촉이 봄비가 내리면

고요한 나의 가슴에
또르르 흐르는 아쉬움의 시간들
세월의 빈칸을 채운다

송알송알 빗물을 머금은 나뭇가지에
보슬보슬 꽃비가 내리면

푸르른 나의 마음에
새록새록 그리움이 더해지는 시간들
기나긴 세월이 봄비 속에 머문다

바람 같은 인생

별이 빛나는 하늘
창가를 물들이는 햇살
돌고도는 일상에
바람 같은 존재 구름 같은 인생
삶의 흔적을 남깁니다

억겁의 세월을 견뎌내며
수없이 많은 사람들 중
천년의 인연이 되어
사랑했던 기억 하나로
삶의 그리움을 연주합니다

화려했던 젊음도
흘러간 세월 속에 묻혀가고
쓸쓸히 걷는 인생길
서산마루에 노을 지면
찬란한 눈물 한 방울 흘러내립니다

나 어디로 가나
먼길 돌아 한 생애
미치도록 사랑하다 하늘로 돌아갈 때
맑은 영혼의 바람이 되어
숙명처럼 그리다 만 삶을 기억하렵니다

제목 : 바람 같은 인생
시낭송 : 박영애
스마트폰으로 QR 코드를 스캔하면
시낭송을 감상할 수 있습니다

깨달음

높은 곳에서 낮은 곳으로 흐르는 물을 보며
낮은 곳에서 높은 곳으로 지나가는 바람을 보며
살아가다 보면 깨달아지는 것이 있습니다

비바람을 거친 나무가 더욱 의연하듯
사람은 슬픔 속에서 더욱 단련되고
인생을 모르는 삶이기에 어렵다는 말을 합니다

그 어떤 유명한 그림도
행복한 가정과 같은
감동과 기쁨을 주지는 못합니다

우리들 가슴에 내재하는
사랑의 빛을 통해서
깨달음에 이르는 길을 가고 싶습니다

금잔화 여인

햇살을 닮은 금잔화가
이른 아침 개화를 할 때면
아픈 다리를 달래 가며
먼길을 나서는 여인이 있다

나무가 새들의 노랫소리를 들으며
마음의 위안을 느끼듯이
여인은 부처님 전에 마주하고서야
비통한 마음을 위로받는다

영원히 만날 수 없는 이별을 하고
가슴속 모든 외로움과 슬픔에 젖은 영혼들을
오롯이 혼자 감당해야 하기에
바위처럼 법당에 앉아 숨을 고른다

태양과 함께 피고 지는 꽃
그대 닮은 노랑 꽃망울처럼
애달픈 촛농의 눈물을 흘리는 촛불 앞에
실낱같은 생명의 기운을 느끼며 힘을 내본다

제목 : 금잔화 여인
시낭송 : 박영애
스마트폰으로 QR 코드를 스캔하면
시낭송을 감상할 수 있습니다

마음으로 걷는 환상의 길

겨울 햇살 곱던 날 태양을 등지고
천천히 여유로운 마음으로
나를 만나러 가는 사색의 길은
그림같이 고요하다

맑고 투명한 하루
생의 바다 한가운데
갈매기가 넘실넘실 춤을 추고
잔잔한 바다는 은빛 물결 반짝인다

그렇게 천천히 풍경 안으로 들어가면
삶의 모든 순간순간
인생 참 아름답다 세상을 품는
너그러운 마음을 갖게 한다

가끔은

햇살 가득한 아름다운 봄날
가지마다 흐드러진 꽃잎은
다정한 손짓으로 내 마음을 흔들어놓는다

산뜻한 바람 따라 그대 가슴에 내가 머물고
내 가슴에 그대가 스며드는 그리움 하나
지금도 찬란히 흐른다

꿈결 같았던 모든 순간
나를 닮은듯한 그대에게
못다 한 사랑을 아름드리 전하고 싶다

숱한 세월 내 가슴속 아름다운 기억
아련한 추억이 허공에 맴돌 때.
문득 그 사람의 하루가 궁금해진다

이 아름다운 봄날에
가끔은 아주 가끔은
그리운 사랑 하나 꺼내어 향기롭게 추억한다

제목 : 가끔은
시낭송 : 박영애
스마트폰으로 QR 코드를 스캔하면
시낭송을 감상할 수 있습니다

두물의 만남

햇살 속으로 물새들이 여유롭게 노니는 강변
강가에 솟은 나무는 청정하게 푸르고
남한강과 북한강 두물이
약속이나 한 듯 만나 쉼 없이 흘러간다

서로 걸어온 길은 달라도
바람과 물결의 어우러짐으로
더 넓어진 강폭 더 깊어진 수심이
깊고 푸른 두물이 되어 내 삶 속으로 스며든다

우리들의 삶도 이별이 아닌
두 마음이 하나 되어 흐르는
두물머리 한 폭의 그림 앞에서
당신과 나 보랏빛 사랑을 노래한다

푸르름을 노래하다

숲과 바람의 길을 따라
쏟아지는 햇살을 온몸으로 받으며
청초한 하루를 걷는다

산과 들의 토닥거림으로
초록 물결 잎사귀들은
찬란한 몸짓으로 싱그러움을 더한다

생명의 기운으로 가득 찬 내 마음의 길도
꿈과 희망의 설렘으로
어느새 푸르름으로 빛난다

그림 : 정명애

갈림길

한 생애 사는 동안
수없이 많은 선택을 해야만 하는
우리들의 갈림길

예고도 없이 찾아온
숙명적인 생사의 길을 만나는 날
모든 것을 내려놓게 한다

외로운 사투를 벌이는
어둠 속 고통으로
무섭고 두려운 길

생의 마지막 날 마지막 순간
떠올린 과거는 어떤 것이었을까
마지막 숨을 몰아쉬면서도 초연하다

눈에 고인 눈물을 삼키며 작별을 고하고
사랑하는 이들과 헤어져
천상으로 가는 길

지나온 시간들을 돌이켜보며
먼저 떠나면서 겸허하다
먼저 보내면서 숙연해진다

제목 : 갈림길
시낭송 : 전선희
스마트폰으로 QR 코드를 스캔하면
시낭송을 감상할 수 있습니다

고향 마을

산기슭 언덕에 꽃이 피고
산새 지저귀는 작은 마을에
크고 작은 산들이 사방으로 둘러앉아
고향 찾는 사람들의 마음을 위로한다

끝없이 펼쳐진 수려한 산천
계곡마다 물결치는 시냇물
따사로운 햇빛이 걸터앉은 담장길은
언제나 그리움이었다

깊은 밤 잠들지 못하고
흘러간 아련한 추억들을 소환하자
가슴 뭉클한 기억들이 줄 줄이 나와
내 살던 그곳이 마음 한가득 담긴다

나무 한 그루 심는다

봄 햇살 한 아름 따다가
스치는 바람 한 점 데려다
행복이라는
나무 한 그루 심는다

밝은 마음의 창가에
초록빛 싱그러움이 문을 두드릴 때
사랑이라는
나무 한 그루 심는다

새벽이슬이 전하는 작은 기도와
믿음으로 잔잔한 뿌리 내릴
소망이라는
나무 한 그루 심는다

나는 오늘도
내일의 꿈이 꽃으로 피어나
아름다운 열매를 맺는
마음속 나무 한 그루 심는다

제주를 담다

에메랄드빛 바다
수채화 같은 풍경
아름답다라는 말이 가장 어울리는 곳

초원의 잔디와 푸르른 나무들이
토닥토닥 어우러진 바람의 세상
진한 그리움으로 깨달음을 주는 곳

자연이 주는 따뜻한 사랑과
눈빛 끌림으로 기억과 추억을 만나고
나 자신도 만난다

계절 속을 여유롭게 걸으며
햇살 아래 바다와 사색하는 시간
오늘 하루가 또 지나간다

이제는

나를 위해 일하고
나를 위해 선물하고
나를 위해 마음이 움직이는 데로
즐겁게 살았는데

이제

너를 위해 살고
너를 위해 웃고
너를 위해 온 힘을 다하여
강건한 마음으로 살아간다

아직은
너에게도 기댈 언덕이 필요하기에

아직은
나에게도 스스로의 위안이 필요하기에

바람에게

봄이면
대지를 어루만져 푸른 싹도 틔우고

밤이면
광풍으로 몰아쳐와서 온 동산 숲을 흔들고

다시 어디론가 새롭게 나서는
내 연인 같은 바람아

살다 보니
내 걸어온 모든 길이 너와 함께였지

언젠가는 모두가 돌아가야 하는 길
이 세상 모든 것 하나씩 버리면서

미련 없이 빈 가슴으로 나도 어느 날
너 따라서 대지 속으로 사라져 가겠지

허공을 떠다니는
부드러운 가을바람처럼

3부

그대 사랑은 행복입니다

맑은 하늘이 보이고 새소리가 들리는 날
창문을 열고 싱그러운 공기를 마시듯
마음을 열고 그대를 생각합니다

가을의 태양으로 다가온 눈빛 고운 당신
가슴마다 아름다운 이야기 심어주며
나를 미소 짓게 하는 그대 사랑은 행복입니다

저녁노을로 다가온 결 고운 당신
보석 같은 진실한 사랑 가슴에 담으며
나를 웃게 하는 그대 사랑은 행복입니다

그림 : 고 허영철

사랑인가 봅니다

소담스러운 하늘빛에
그리움 담은 한 조각 구름은 계절을 스치고
하루가 저물어 노을이 흐를 때
당신을 향한 내 마음이 가슴속 한 아름
사랑이냐고 물어옵니다

일상 속으로 스며드는
향기로운 꽃향기처럼
살며시 내게로 다가와
은은한 무지개로 피어나 환한 미소로
사랑이라는 걸 깨닫게 해줍니다

어둠이 내리고 달빛이 흐르면
그대 향한 그리움은
기다림의 꽃을 피우며
잔잔한 여운으로
추억 속에 잠기게 합니다

삶의 뒤안길에 나를 믿어주는 한 사람
내가 살아가는 이유가 사랑이라는 걸 알게 해준
그 사람 곁에는
늘 행복하고 아름다운 삶이
함께 했으면 좋겠습니다.

제목 : 사랑인가 봅니다
시낭송 : 이봉우
스마트폰으로 QR 코드를 스캔하면
시낭송을 감상할 수 있습니다

그대 내게로 오십니다

아름다움이 가득한 나의 일상으로
비가 오면 빗소리로
바람이 불면 바람 소리로
맑은 날은 고운 햇살이 되어
그대 내게로 오십니다

부드러운 나의 일상 속으로
가슴이 아리도록 맑은 하늘이 되어
눈이 시리도록 예쁜 꽃들이 되어
내 가슴을 촉촉하게 적시며
그대 내게로 오십니다

때로는 그리움으로 눈물 흘리며
같은 하늘 아래서 숨을 쉬는 이유만으로도 행복한
이 세상 끝나는 날까지
함께 하고픈 사랑으로
그대 내게로 오십니다

나였으면 좋겠습니다

살다가 문득
힘겨운 날이 그대에게 온다면
생각만으로도 위로가 되는 사람
그 사람이 나였으면 좋겠습니다

말없이 눈빛만 바라보아도
행복의 미소를 가슴으로 느끼며
삶을 아름답게 해주는 햇살 같은 사람
그 사람이 나였으면 좋겠습니다

오랜 세월 함께 살아 숨 쉬며
삶의 순간순간 그리움 피워내는
작은 가슴에 고운 향기 같은 사람
그 사람이 나였으면 좋겠습니다

한결같은 마음으로
가슴에 반짝이는 별 하나
눈이 부시도록 사랑하는 단 한 사람
그 사람이 나였으면 좋겠습니다

인연

그대 미소로 맞이하는 순수한 아침
고운 숨결 하늘의 속삭임으로
나 당신의 사랑을 노래합니다

내 마음 깊은 곳에 그대 향한 그리움의 온도
오로지 나만을 위한 당신으로 인해
이 계절이 아름답습니다

그대와 함께 가는 이 길
찬란한 세상이 더욱 빛나게
긴 인생 여정을 사랑으로 일깨워줍니다

그대와 나 어쩌면 하늘이 준 인연
삶의 가장 아름다운 빛깔로
그윽한 행복으로 물들이고 싶습니다

그대와 함께하는 날들이 행복입니다

향기로운 숲속의 바람이
정열의 태양과 어우러져
향긋한 풀꽃향으로 다가와
대지를 푸르게 합니다

한낮의 햇살에 고이 잠든
해맑은 꽃잎 닮은 그대
한 조각 구름으로 그리움의 비가 되어
메마른 가슴을 적셔줍니다

당신을 향한 내 사랑이
은은한 무지개로 다가와
가슴에 환한 미소로 피어나
행복해하는 나를 봅니다

세월이 흐른다 해도
내 가슴에 늘 간직할 이름 하나
그대와 함께하는 날들이
행복이라는 걸 깨닫게 합니다

당신의 하루가 행복했으면 좋겠습니다

싱그러운 숲속의 아침햇살이
눈이 부시도록 희망찬 꿈을 꾸듯이
새로운 아침을 맞이하는 당신의 하루가
맑고 향기로웠으면 좋겠습니다

삶이 지치고 외롭다고 느껴질 때
그대 따뜻한 마음에 내 고운 눈빛을 담아
해맑고 부드러운 미소 온유의 섬 평온의 숲에서
늘 평안했으면 좋겠습니다

하루를 보내며 고즈넉한 달빛에
오늘이라는 삶을 사랑했던 가슴 벅찬 시간
힘찬 희망의 세레나데가 내일로 향하는
당신의 하루가 진정 행복했으면 좋겠습니다

별이 된 아름다운 친구

초록의 싱그러움처럼
언제나 삶의 희망으로 생동감 넘치던
부르기도 아까워 가슴속에 담아둔
사랑하는 친구가 있었습니다

이 넓은 세상에
마음이 깊고 가슴이 따뜻했던
소중한 친구를 만난 건
내 생애 선물이며 축복입니다

생의 한가운데
주어진 삶에 최선을 다하며
열정으로 살던 어느 날
내 곁을 떠나 바람 따라갔습니다

희망의 불꽃 한 줌 햇살에 부서지던 날
수많은 사연을 잠재우고
영혼의 안식처 하늘의 품 안에
고이 잠들었습니다

내 생에 아름다웠던 친구
저 하늘에 별이 된 그대를
늘 기억하며 잊지 않겠습니다

사랑이 흐르는 나의 길을 간다

햇살의 이글거림에 파도가 그리운 계절
매미의 향연에 대지는 녹음을 드리우고
쉼 없는 하루를 이어가는 삶의 모습들이
정겨운 풍경이 되어 가슴 벅찬 설렘으로 다가온다

흐르는 강물처럼 바람에 날리는 꽃잎처럼
나에게 주어진 그 어떤 상황도
긍정적으로 바라볼 수 있는
나만의 빛과 향기로 오늘도 깊이 있는 삶을 그린다

맑고 순수했던 어린 날의 꿈
화려했던 날을 회상하며
흐르는 세월 변함없는 푸르름으로
오늘도 사랑이 흐르는 나의 길을 간다

삶이 아름다운 그대에게

아침 창가에 바람의 인사를 받으며
오늘 하루 최선을 다하는 모습이
꽃보다 아름답습니다

그림을 그리고 글을 쓰고
좋아하는 일을 하며 행복으로 향하는
그대 삶을 사랑합니다

외로워도 하고 적당히 흔들려도 보고
삶의 리듬을 타면서도 희망을 노래하는
당신이 있어 세상이 아름답습니다

저 푸르른 하늘을 향해
한 세상 거뜬히 살아낸 찬란한 날들
삶이 아름다운 그대를 축복합니다

그대와 함께하는 삶이 향기롭습니다

사랑의 길을 찾아가는 길목에서
즐겁고 행복할 때도 외롭고 슬플 때도
내 마음속에 항상 미소 짓고 있는
당신이 있어 행복합니다

착한 눈빛 해맑은 웃음
한마디 말에도 따뜻한 배려를 담아
아름다운 말로 격려해 주는
당신과 함께 하는 오늘이 행복합니다

무한한 자연 속에 하늘을 바라보고
푸르른 강물을 바라보며
같은 하늘 아래에서
함께 할 수 있는 지금, 이 순간이 행복합니다

내 마음 안에 머무르고 있는 한 사람
내 가슴에 영원토록 살아 숨 쉬는
삶의 전부인 당신의 사랑으로
오늘도 내 삶이 향기롭습니다

당신께 드릴게요

풍경소리처럼 청아한 날
희망의 나래를 펼치는
아름답고 행복한 하루를
당신께 드릴게요

삶의 작은 기쁨 만드는 좋은 날
고운 마음으로 살아가는
세상에서 가장 즐겁고 멋진 날을
당신께 드릴게요

온 세상이 사랑으로 물드는 날
삶의 숨결을 어루만지는
가슴 뛰는 삶 활짝 핀 웃음을
당신께 모두 드릴게요

좋은 사람

삶의 언저리에 조용히 드리워진
수많은 사람들 속에
가슴으로 느낄 수 있는
좋은 사람이 있습니다

고운 눈빛만으로도
따뜻한 마음 한 줄기가
고요하게 가슴으로 흐르는
진실한 마음을 가진 사람입니다

어떤 상황이든 어떤 심정이든
굳이 말을 하지 않아도
가슴으로 느낄 수 있는
따뜻한 마음을 가진 사람입니다

진정한 마음으로 걱정해 주며
말 한마디에도
따스함이 스며드는
지란지교 같은 사람입니다

힘든 삶의 고난의 길에서도
온기를 담아 삶을 노래하는 그 사람에게
오늘은 따스한 햇살 한 조각
곱게 접어 보냅니다

제목 : 좋은 사람
시낭송 : 전선희
스마트폰으로 QR 코드를 스캔하면
시낭송을 감상할 수 있습니다

그대가 있어 행복합니다

꿈을 꿀 수 있어 행복하고
꿈을 이룰 수 있어 행복한 아침
다정한 눈빛으로 좋은 마음 나누는
그대가 있어 행복합니다

환한 미소로 예쁜 마음으로
뜨거운 가슴으로
시처럼 음악처럼 흐르는
오늘 하루가 행복합니다

세월이 흘러도
우리 함께한 마음들이 추억 속에 남아
기억 속에 생각나는 사람으로
그대가 있어 향기로운 날들입니다

인생길에 오색 그리움 채워가며
하루하루 희망의 빛 하나에 기대어
말없이 침묵으로 사랑해 주는
그대가 있어 참 행복합니다

당신이 그립습니다

화사한 꽃들이
지천으로 피어나는 봄날이면
당신이 보고 싶어집니다

햇살이 드나들던 들녘
삶의 계절 속에서 봄을 주워 담던 당신
봄꽃이 되어 내게로 옵니다

사랑하는 마음꽃 활짝 피워
정겨운 바람의 노래를 들려주시던
환한 미소가 그립기만 합니다

당신의 손길이 머문 자리마다
행복이 가득한 옛 추억들은
내 안에 살아가고 있습니다

아버지!
당신이 떠난 자리에
오늘따라 당신의 숨결이
진한 그리움으로 다가옵니다

제목 : 당신이 그립습니다
시낭송 : 전선희
스마트폰으로 QR 코드를 스캔하면
시낭송을 감상할 수 있습니다

어머니의 길

제목 : 어머니의 길
시낭송 : 박영애
스마트폰으로 QR 코드를 스캔하면
시낭송을 감상할 수 있습니다

아침햇살보다 석양을 더 오래 바라보는 당신은
긴 세월을 주어진 운명이라 여기며
역경과 고난을 인내하며 빛나는 삶을 살아오셨습니다

당신께서 걸어온 어머니의 길을 저도 걸어가며
당신의 삶은 숭고한 사랑이었다는 것을
부모가 된 지금에야 알았습니다

푸르름으로 피어나는 산야를 보며
깊은 생각에 잠기는 당신의 애잔한 모습에
어머니 당신을 향한 간절한 나의 사랑을 보냅니다

시간이 흐르고 세월이 변해도
그 어느 누구보다 소중함으로 가득한 사람
언제나 당신의 얼굴에 웃음이 넘치는 행복한 그림을 그려봅니다

당신과 함께 살아가는 지금 이 순간
노을빛으로 아름답게 물들어갈 당신의 남은 날들은
기쁨의 향기로 가득했으면 좋겠습니다

그대에게 드리는 사랑

그대에게 드리는 사랑 앞에
거짓 없는 진실로 내게 다가와
내 손을 꼭 잡아준 그대를 위해
내 마음에 사랑나무 심어봅니다

그대의 화사한 웃음 앞에 서면
높고 푸른 하늘의 울림처럼
거룩한 천년의 사랑을 느껴 봅니다

순수하고 영혼이 맑은
당신과 마주하면
언제나 잔잔한 감동으로 다가와
내 가슴을 한없이 설레이게 합니다
내 사랑 그대뿐입니다

그대에게 드리는 사랑 앞에
우울했던 내 마음에 용기를 주며
나에게로 향한 당신의 눈물이
그대의 사랑으로 감싸 줍니다

언제나 내 곁에서 함께할 사람
빛나는 우리 봄처럼
주어진 순간순간이 최고의 기쁨입니다

세월의 오선지에 그려 넣은 사랑처럼
내 사랑 그대에게 드리고 싶은 사랑
진정한 나의 사랑 노래입니다
내 사랑 그대뿐입니다

제목 : 그대에게 드리는 사랑
시낭송 : 전선희
스마트폰으로 QR 코드를 스캔하면
시낭송을 감상할 수 있습니다

그대 나의 사랑아

숱한 고난이 안개처럼 다가와도
벽찬 삶이 운명처럼 힘에 겨워도
그대와 함께하는 삶은
언제나 해맑은 봄날입니다

감동으로 빛나는 이 세상에서
가슴을 울리는 인생길에서
그대와 동행하는 모든 순간들은
언제나 행복한 날들입니다

그대 나의 사랑아
온통 사랑이라 부를 당신으로 인해
내 삶을 사랑하게 되고
내 생애 아름다운 날들이 되었습니다

어버이날에

감사의 향기를 담은 가슴 벅찬 오월의 오늘은
하늘같이 높은 아버지 사랑으로
바다같이 넓은 어머니 사랑으로
숨 쉬는 순간마다 자랑스러움으로 빛나는 날입니다

어머니라는 이름으로 산다는 것은
이 세상을 살아가는 삶 속에서 가장 귀하고 아름다운 삶입니다
아버지라는 이름으로 산다는 것은
큰 사랑을 배우는 이 세상 무엇보다 위대한 삶입니다

가난하고 힘든 고난의 세월을 견뎌내면서도
늘 인자한 웃음을 보여주시고
속 깊은 정으로 자식들을 응원하시며
한평생 올곧게 사신 아버지 어머니를 존경합니다

자식이 당신의 꿈이고 행복이었습니다
자식이 당신의 생명이고 자랑이고 삶 자체였습니다
모든 걸 다 품어주고도 더 주고 싶은
자식에 대한 샘솟는 깊은 사랑에 가슴이 아려옵니다

이 세상에 모든 아버지 어머니들이여
건강하시고 행복하세요
오래오래 살아주세요
사랑합니다

너를 위하여

설렘으로 다가온 오롯한 생명의 소리
희망찬 메아리 온 누리 솟아올라 활기차게 퍼지고
영롱한 별이 되어 내 가슴에 반짝이네

힘차게 들려오는 숨결 소리에
가슴이 벅차올라 무한한 행복의 나래를 펼치고
아름다운 사랑꽃 되어 알알이 피어나네

소중했던 그 날 나의 가슴에 깊이 새겨진 이름
눈 부신 태양도 하늘 안고 웃고
감사로 흐르는 눈물 되어 샛별같이 빛나네

사랑으로 가득 찬 날 행복의 노래는
어디에 있든 무엇을 하든 너를 위하여 기도하는 시간
값진 기쁨이 되어 초롱초롱 빛나네

제목 : 너를 위하여
시낭송 : 박영애
스마트폰으로 QR 코드를 스캔하면
시낭송을 감상할 수 있습니다

하나 되는 사랑

혼자서는 날 수 없어
서로의 눈과 날개에 의지해
나란히 하늘을 나는 새 비익조처럼

뿌리가 다른 나뭇가지가 서로 엉켜
두 나무의 가지가 맞닿아 이어져
한 나무처럼 자라는 연리지처럼

자신의 반쪽을 찾아야만 헤엄을 칠 수 있고
서로의 눈으로 세상을 바라볼 수 있어
항상 붙어 다니는 외눈박이 물고기 비목어처럼

운명으로 만나 허락된 사랑
나는 당신에게 당신은 나에게
마지막 숨을 몰아쉴 때까지 함께이고 싶습니다

제목 : 하나 되는 사랑
시낭송 : 전선희
스마트폰으로 QR 코드를 스캔하면
시낭송을 감상할 수 있습니다

그대 아시나요

문득 올려다본 저 하늘에
작은 그리움 하나
내 가슴에 오직 한 사람
그대가 그립습니다

바라만 봐도 한없이 좋은
내 마음에 등불 같은 사람
우리 함께한 시간들을
그대는 기억하시나요

삶이 힘겨울 때
늘 곁에서 날 웃게 한
나를 있게 한 사람
내 가슴엔 오직 그대뿐입니다

진실한 사랑은 일생에
단 한 번뿐이라는데
모든 날 모든 순간 가슴 가득
운명처럼 다가온 그대랍니다

바람의 언덕

삶이 그리운 날 햇살 한아름 안고
푸른 하늘에 구름이 일렁이듯
세상살이에 환란이 일듯
저마다 가슴속 사연들 가득하다

한적한 들녘 바람이 지나는 길목에
돌담 사이로 나뭇가지 살랑대듯
오랜 해풍에 물결이 넘실대듯
바람의 속삭임에 가슴 씻어 내린다

풍차가 서있는 언덕에 바다가 보이고
바람의 노래에 꽃들이 흔들리고
되돌아갈 수 없는 기억 저편에
나를 스치는 바람이 분다

자식

꿈이며 행복인 내 삶의 전부였던
네가 없는 세상은

피를 토한 고통과 애통함으로
가슴이 찢어지고
살아갈 이유를 잃는다

내 삶의 희망
너는 내게
그런 존재이다

그림 : 고 허영철

산다는 건

하루를 살아내느라 지친 어깨
너무 많은 일들에 힘겨운 마음
무거운 다리를 끌고 저 멀리서
인생 하나 걸어온다

삶이 힘들어도 견뎌내고
마음이 아파도 참아내고
가슴이 시려도 이겨내면서
사람이 풍경이 되는 그림을 그린다

산다는 건 살아간다는 건
하얀 백지 위에 푸른 하늘 도화지에
나만의 그림을 오롯이 그려내는 일
소박하거나 화려하게 그려 나간다

나에게 주어진 나의 몫
날마다 눈부신 나의 인생
삶의 순간순간 살아있음을 느낄 때
내 삶의 찬란한 아침이 내게로 움터온다

어디에 계시나요

하늘 푸르고 산새 소리 고운 날
햇빛 자락은 지상을 평온하게 비춰주는데
그대는 천국의 계단 어디쯤에 계시나요?

나 살아가는 동안
봄날 가득한 어느 한켠에 미안함으로 남았는데
그대는 어느 하늘 별이 되어 반짝이고 있나요?

삶은 슬픔도 아름다운 기억
어떤 날은 웃음보다 눈물이 더 그리워지기도 하는데
그대는 바람이 머무는 어느 뜨락에 꽃으로 피어있나요?

지난밤 꿈 천상의 나라에
눈부시도록 화사한 모습으로
아름다운 하늘 화원을 걸어가는
그댈 보며 환한 미소로 보냅니다

제목 : 어디에 계시나요
시낭송 : 전선희
스마트폰으로 QR 코드를 스캔하면
시낭송을 감상할 수 있습니다

그런 사람이 있습니다

세상을 살아가면서
인생의 아름다운 이야기로
삶의 풍경처럼 꽃을 피워내는
그런 사람이 있습니다.

소박하지만 변함없는 마음으로
행복한 웃음을 주고
내 가슴에 환한 빛을 주는
삶에 위안이 되는 사람이 있습니다

사람이 풍경으로 피어나는
진솔한 삶을 느끼게 해주는
가슴 따뜻한 당신이
내 곁에 있어 고맙습니다

그대 들리시나요

하늘빛 맑은 햇살이
찬란하게 숨 쉬며
사색의 가을빛으로
물들어 가는 소리가
그대 들리시나요

갈색 바람 가을 향기에
고운 사랑의 미소로
하늘하늘 수줍게 피어올라
내 작은 가슴에 고이 앉는 소리가
그대 들리시나요

세월의 깊이를 가슴으로 느끼며
석양으로 물들어 갈 때
맑은 숨결 그리움의 꽃으로
다정스레 속삭이는 소리가
그대 들리시나요

향기로운 가을빛 향연을
넉넉한 눈빛 한 조각 웃음으로 포장하여
맑고 고운 그리움을 간직한 그대에게
아름다운 가을을 선물하는 소리가
그대 진정 들리시나요?

인생 여행길에서 너를 만나다

삶이라는 인생길에서
햇빛보다 밝고 달빛보다 고운
그대를 만나
지금 이 순간 행복합니다

선물 같은 나날들
내 마음의 빈터에
인생의 향기 가슴에 가득 담아
아름다운 사랑을 심습니다

꿈과 열정으로
최고의 인생을 살아내는
소중한 그 길을 함께 걸어가는
삶의 그림을 그립니다

오늘은 어제보다 행복하고
내일은 오늘보다 더 행복한 일들로
내 모든 것이 끝나는 그 순간까지
빛나는 삶으로 채우고 싶습니다

제목 : 인생 여행길에서 너를 만나다
시낭송 : 박영애
스마트폰으로 QR 코드를 스캔하면
시낭송을 감상할 수 있습니다

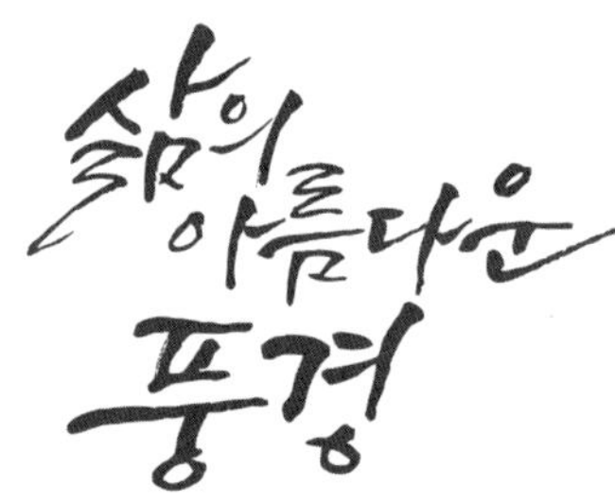

전선희 제2시집

2022년 3월 23일 초판 1쇄
2022년 3월 25일 발행
지 은 이 : 전선희
펴 낸 이 : 김락호
디자인 편집 : 이은희
기 획 : 시사랑음악사랑
연 락 처 : 1899-1341
홈페이지 주소 : www.poemmusic.net
E-Mail : poemarts@hanmail.net

정가 : 10,000원
ISBN : 979-11-6284-348-2